RENÉ ASSE

LE
CAPITAINE RAFAËL

POÉME DRAMATIQUE

DIT POUR LA PREMIÈRE FOIS

Par Paul MARSAN

du Conservatoire.

PARIS

MANGINOT ET BONNOTTE, ÉDITEURS,

36, BOULEVARD SAINT-MICHEL, 36.

1878

LE
CAPITAINE RAFAËL

René Asse

LE
CAPITAINE RAFAËL

POÈME DRAMATIQUE

DIT POUR LA PREMIÈRE FOIS

Par Paul MARSAN

du Conservatoire.

PARIS

MANGINOT et BONNOTTE, ÉDITEURS,

36, BOULEVARD SAINT-MICHEL, 36.

1878

A Paul MARSAN

—

Hommage à son talent nerveux, chaud et sympathique.

LE CAPITAINE RAFAËL

Je m'en souviens encor ! C'était un capitaine
Toujours l'œil aux aguets et la flamberge au vent ;
Gentilhomme à son heure, amateur de fredaine,
Mais toujours le premier à marcher en avant.
Il n'était pas de ceux qui poursuivent la gloire
Pour se faire un renom. — Son père, un vieux sapeur,
Avait des vétérans trop bien gardé mémoire
Pour que son seul enfant connût jamais la peur.
Sans être débauché, beau coureur d'aventure,

Il avait la fierté brutale du soldat,
Barbe en brosse, front sec et superbe stature;
Enfin, tous les dehors des gens de son état.
Élevé dans les camps, sa première semelle
Resta dans une étape, — et le pauvre petit
Ne connut de douceurs que sa maigre gamelle.
C'est dans ce dur métier que Rafaël grandit.

Quand on me présenta mon nouveau capitaine,
Il prenait son absinthe et son œil de faucon
Me fixa longuement. — Sa mine, un peu hautaine,
Dès le premier abord me donna le frisson.
— C'est un conscrit! dit-il, en hochant de la tête.
Approche ici, gamin! Oui, pas trop mal bâti!
Du sang dans les poumons, un feu que rien n'arrête;
Quoi! tout ce qu'il me faut pour un bon apprenti!
Or, tu veux, me dit-il, sans tambour ni trompette,
T'enrôler dans mon corps? L'amour de ton pays
Te fait battre le cœur; — ou bien, quelque coquette
Aura fait pleurnicher ces grands yeux éblouis?
— Non, monsieur! répondis-je. Une peine profonde,
Un sentiment plus vrai m'ont conduit devant vous.
J'aimais, comme jamais on n'aima dans ce monde...
— Ah! Des chagrins d'enfant! Ta maîtresse en courroux
N'a plus voulu de toi? — Non, monsieur! Elle est morte!
J'étais à son chevet, et nous parlions d'amour.....

J'ai laissé ma douleur sanglotter à sa porte,
Et je viens m'enrôler pour oublier ce jour.
. . . .
— Sang de Dieu! grommela le brave capitaine,
C'est un vilain roman que tu me contes-là!
Allons! Je te promets avant une huitaine
Le moyen, si tu veux, de chasser tout cela.
Le chagrin, vois-tu bien, c'est de la fantaisie.
Le métier de soldat ne veut pas de rêveurs;
L'oubli complet de soi, voilà sa poësie!
Le courage passif fait nos bons défenseurs.
Comme toi, je connais une femme chérie
Qui, depuis quelque temps, a compté bien des morts:
Tu la connais, enfant! C'est la Mère-Patrie,
Et seuls, de vrais géants rendront à ses efforts
La force et le bon droit d'un passé magnanime.
Ce passé généreux, nous le verrons un jour
Asseoir la Liberté, fouler aux pieds le crime;
Tu connaîtras alors le véritable amour.

Je regagnai le camp! Quelques blanches moustaches
Me regardaient de coin, et se disaient tout bas:
« Ces conscrits font frémir nos vieilles sabretaches;
Mais, ce galopin-là ne reculera pas! »
On n'entendait partout que jurons et blasphèmes
Répondre sourdement au canon du lointain;
J'aimais à m'enivrer de ces rumeurs suprêmes,

Et joyeux, saluais les rayons du matin.
— Courage! me disais-je. Avant une semaine,
Avant demain peut-être on m'enverra mourir;
J'accomplirai ma tâche, et le bon capitaine
Près d'un cadavre froid pourra se découvrir.

. . . .

— Mourir! dit une voix. Ce n'est pas une tâche!
Je suis Paul Rafaël, et jamais devant moi
Un soldat, même enfant, ne dira ce mot lâche
Sans subir de mes mains les peines de la loi.
Mourir pour une femme! Ah! Certes, l'espérance
Est un mot bien affreux au cœur qui n'y croit plus;
J'ai bien souffert aussi! mais, c'était pour la France,
Tandis que tes chagrins sont des cris superflus.
Suis-moi! Dans le brouillard qui nous cache la plaine
Ne vois-tu pas, confus, des régiments épars?
Je veux faire un fumier de cette chair humaine,
Et sur son vaste amas planter nos étendards.
Vois, ces affûts brisés, sinistres représailles,
Ces drapeaux mutilés, tous nos frères sanglants;
Ne sens-tu pas mugir le souffle des batailles
Qui fait faire au combat ce qu'on fait aux brelans?

. . . .

Je le suivis alors! Le feu dans les narines
Le vieux guerrier semblait défier l'Univers;
Ses hommes l'attendaient, et leurs larges poitrines
Aspiraient bruyamment la poudre dans les airs.

Leurs cuirasses brillaient pâles sous la nuit sombre
Qu'éclairait faiblement un filet argenté ;
Leurs visages osseux se dessinaient dans l'ombre,
Quand l'amour m'apparut dans son immensité.

. . . .

. . . . , . , ...

Et je n'entendis plus qu'une affreuse mèlée.
Le craquement des os, le grincement du fer,
Répondaient aux efforts d'une lutte affolée
Pareille à l'ouragan qui fait gronder la mer.
Une vapeur de sang me montait à la tète,
Ma raison se fondait aux cris du désespoir ;
Seuls, de hideux corbeaux descendaient de leur crète,
Et planaient affamés sous le ciel rouge et noir.
Sur les corps palpitants n'osant pas se repaître,
Leurs plaintes ressemblaient aux soupirs d'un démon ;
Et quand je me dressai pour mieux me reconnaître,
Un tonnerre vivant m'appela par mon nom.

. . . .

Tremblant, je me tournai muet et le front blème.
— Tony! criait la voix. Suis-moi! suis-moi toujours!
Voilà comme on se bat, et voilà comme on aime!
Et piquant de l'avant, à travers les bois sourds
Je le vis s'élancer sabre au poing, tète nue,
Comme un spectre échappé du royaume des morts
Jetant un long blasphème à la terre abattue
Pour rentrer au néant las de ses vains efforts.

Un sourire effleurait sa lèvre frémissante.
Il brisait, fauchait tout! Athlète sans pareil,
Sous son poignet de fer la lame obéissante
Teinte d'un sang limpide, eût fait peur au soleil.
. . . .

Bientôt, tout bruit cessa! J'interrogeai la plaine.
Ce n'étaient que mourants étendus sur le sol;
La brise matinale épanchait son haleine,
Et l'insecte effrayé s'égarait dans son vol.
Quelques pillards de nuit dépouillaient les cadavres;
Des falots incertains sillonnaient l'horizon
Comme le phare errant qui brille sur les hâvres,
Dardant son dernier feu sur la rouge moisson.
. . . .

Une ombre se dressa, se soutenant a peine
Sur l'horrible fumier des blessés et des morts.
— Quoi! C'est vous, Rafaël? Vous, mon vieux capitaine?
— Ah! Tony? me dit-il. Nous étions les plus forts:
Nous avions le bon droit, la haine et le courage
Quand je suis tombé là pour n'en plus revenir.
Que veux-tu, pauvre enfant? La vie est un passage;
Pourtant, j'espérais voir un meilleur avenir.
Tu ne sauras jamais, — on oublie à ton âge!
Combien est douloureux le sanglot du soldat.
Succomber, ce n'est rien! Mais, garder un outrage,
Supporter un soufflet jusque sur le grabat,
Entendre à ses côtés une lèvre ennemie

S'éteindre doucement dans un rêve vainqueur,
Et chasser loin de soi l'ombre de la Patrie
Qui ne sourit encor que pour briser le cœur...
Ces blessures, petit, c'est l'angoisse profonde,
C'est l'étreinte mortelle au seuil du froid adieu ;
Et si je ne laissais l'espérance en ce monde,
Je jetterais mon gant à la face de Dieu !

. . . . ,

Et ce disant, soudain rappelant sa mémoire :
« Chut ! fit-il, entends-tu le galop des chevaux ?
Nos braves, sur ma foi, viennent à nous! » — Victoire
Hurlaient quelques amis pâles sous leurs lambeaux.

. . . .

— Ah ! Je me sens revivre à mon heure dernière ;
Un sang nouveau renaît dans mon être glacé.
J'ai blasphémé peut-être au seuil de la prière ;
L'avenir répondra de l'insulte au passé.
Que m'importe la mort ? Elle tait la souffrance,
Elle emporte au néant la pâture des vers ;
Je rêvais sur mon front le baiser de la France,
Et je sens sur mon cœur celui de l'Univers.
Tony ! Tu me disais : « La vie est douloureuse ;
Je veux mourir d'amour ! » Souffre-t-on à vingt ans ?
L'existence à cet âge est belle, généreuse,
Et toise avec mépris de lâches combattants.
Mais, lutter pour un but, défendre une pensée,
Chercher la liberté qui tremble chaque jour,

Rendre à flots l'espérance à sa mère offensée...
Enfant, c'est le bonheur,... car, c'est le seul amour !

. . . .

. . . .

Et me serrant la main, le pauvre capitaine
Se souleva sanglant pour la dernière fois ;
Le soleil du matin descendait sur la plaine
Quand sa voix s'éteignit dans le réveil des bois.

Avril 1878.

IMPRIMÉ

Le 20 Mai 1878

SUR LES PRESSES DE F. PICHON

Typographe à Paris.

Paris. — Impr. F. Pichon, 51, rue des Feuillantines,
et 14, rue Cujas.

www.ingramcontent.com/pod-product-compliance
Lightning Source LLC
LaVergne TN
LVHW050245030726
842520LV00006B/2191